나는 장애를
극복하지
않았습니다

김 남 영

김남영

강원대학교 장애 학생 인권증진 동아리 1, 2대 회장
강원대학교 장애 인식캠페인 1.2대 위원장
강원대학교 울림제 위원장
강원대학교 사회과학대학 제31대 소통 국장

나는 장애를 극복하지 않았습니다

지은이 김남영
발 행 2022년 1월 25일
펴낸이 한건희
펴낸 곳 주식회사 부크크
출판사 등록 2014.07.15.(제2014-16호)
주 소 서울특별시 금천구 가산디지털1로 119 SK 트윈타워 A동 305호
전 화 1670-8316
이메일 info@bookk.co.kr

표지디자인 유윤상
내지디자인 한상은
교정 교열 임상아, 종비
ISBN 979-11-372-7177-7
www.bookk.co.kr

나는 장애를
극복하지
않았습니다

김 남 영

차례

2. 본격적으로 꿈을 키워보는 거야

3. 더 큰 세상으로

4. 현실 앞에서

5. 내가 걷고 있는 길 위에

프롤로그

20대 초반부터 시작한 활동을 '책'으로 기억하고 공유하고 싶었다. 5년의 짧은 기간이지만, 나의 추억과 감정을 공유하기에 가장 좋은 수단이 글이라고 생각했다.

25년째 장애인으로 살아오며, 계속해서 장애를 인정하는 중이다. 주변에서는 흔히 나에게 "넌 장애를 극복하고 있는 것 같아 멋있어! 대단해!"라고 말한다.

이에 대한 나의 대답은 다음과 같다.

"나는 장애를 극복하는 것이 아닌, 장애를 인정하기 위한 과정 가운데 있어."

장애를 극복한다고 해서 반드시 비장애인이 되는 것은 아니다. 또한, 장애가 나쁜 것처럼 바라보는 시선들에 그렇게 나쁜 것도 아니라는 일침을 주고 싶었다. 그래서 '나는 장애를 극복하지 않았습니다.'라고 제목을 정했다.

나는 종종 다리에 경련이 온다. 그러면 하루의 생활이 거의 불가능해진다. 경련이 발생한 지 10년이라는 시간이 흘러간다. 그때마다 나의 장애를 탓하는 경우도 많았고 걱정도 많았다. 어떻게 살아야 할까, 나의 경련으로 인해 다른 사람의 마음이 혹여나 아프지는 않을까 하는 고민으로 밤잠을 설친 날이 많다.

아직도 나는 나의 장애를 인정하고 받아들이는 연습을 하고 있다. 누군가의 교육과 조언이 아닌, 온전히 나만의 시간, 공간에서 단단히 버티는 나에게 괜찮다고 말하면서.

나는 사회복지학 전공자도, 장애 전문가도 아니다. 그렇지만, 다양한 유형을 논문, 영상, 만남, 포럼을 통해 배우고 있고 사회복지대학원으로 진학하여 이 분야의 전문가로 나아갈 생각이다.

이 책은 그저 김남영의 도전이고 장애에 대한 내 생각과 아주 작은 희망의 메시지를 주고자 시작했다. 좋은 글을 아닐지언정 나의 100%의 진정성을 담았다. 이 책을 읽기 시작한 여러분에게 조금이나마 힘이 되었으면 한다.

여러분을 응원하는 김남영이

추천사

사람은 누구나 장점과 단점을 동시에 가지고 있습니다. 누구는 키가 작지만, 힘이 세고, 누구는 배가 볼록 나왔어도 부지런합니다. 우리 주변에는 '장애'를 가졌지만, 훌륭한 업적을 남긴 사례를 많이 찾아볼 수 있습니다.

예전과 달리 사회 전반의 인권 감수성이 높은 요즘이지만, 장애를 '다양성'의 하나로 받아들이는 세상이 실현되기까지는 아직도 많은 노력이 필요합니다.

이 책의 지은이 김남영 군은 '장애'라는 굴레를 벗고 새로운 삶에 도전하는 모습을 보여주었습니다. 김남영 군은 우리 강원대학교 행정학과 16학번으로 입학하여, 장애 학생 인권증진 동아리 '인지해'를 설립하고, '다름'이 '차별'로 받아들여지지 않은 세상을 만들기 위해 열심히 노력해왔습니다.

무엇보다 이 책은 김남영 군이 장애를 가지며 생활해 온 과거부터 대학 생활과 사회활동을 통해 겪었던 생각과 경험을 엿볼 수 있습니다. 힘든 여건 속에서도 '모두가 동행하는 대한민국'을 향한 길을 훌륭히 걸어가고 있는 김남영 군의 용기와 도전을 통해, 장애와 비장애, 그리고 우리 자신을 되돌아보는 소중한 계기가 되기를 기대합니다.

김남영 군의 새로운 도전을 응원하며, 강원대학교도 차별 없는 세상을 만들고, 더불어 살아가는 포용 사회를 구현하기 위해 더욱 노력하겠습니다.

강원대학교 총장 김헌영

추천사

2016년 스무 살, 새로운 길을 걷기 시작했다. 남들보다 느린 속도에 자신을 자책하기도 했지만, 그것도 잠시 주변 풍경을 감상하며 걷는 법을 깨달았다. 감상과 동시에 지나친 곳에 하나둘 자신만의 풍경을 만들어나가기 시작했다.

어느 날 청춘은 수많은 사람 앞에서 자기 생각을 말하기 시작했다, 어느 날 학교 광장에 학생들이 모여 의미가 담긴 캠페인을 시작했다. 어느 날 학교 한 건물이 엘리베이터 설치공사에 들어갔다. 청춘이 남긴 풍경의 한 모습이었다.

이 책을 보면 청춘이 걸어온 길이 아름다운 풍경으로 가득한 이유가 그저 아름다운 풍경을 걸어온 것이 아닌, 자신만의 풍경을 남기기 위해 얼마나 천천히 걸어왔을지. 얼마나 많은 생각을 해왔을지 느낄 수 있다. 그렇기에 앞으로 그려나갈 청춘의 풍경을 기대하고 응원하게 된다.

시간이 지나 청춘, 김남영의 풍경이 당신의 눈 앞
에 펼쳐지길 바라며.

친구 이한성

추천사

안녕하세요 남영이를 중학교 때부터 봐온 친구 전석재입니다. 우연치 않게 중학교 2학년 때 같은 반이 되고, 또 우연치 않게 같은 수학 학원에 다니게 되면서 그때부터 지금까지 남영이의 심부름을 담당하고 있습니다. 사실 서로 심부름을 시키지만, 누구도 반응하지 않는, 그런 사이입니다. 그만큼 막역한 친구입니다.

책의 이야기, 김남영이라는 사람의 이야기가 다른 독자분들에게 어떻게 읽힐지 모르겠습니다. 모든 이야기를 알고 있는 저조차도 다소 무겁게 읽혀서 조금 걱정이 됩니다. 그렇지만 그가 겪어온 일들을 옆에서 바라봐주시면서 천천히 읽어가시다 보면 묵묵히 그다음 페이지를 만들어나가고 있는 김남영이라는 친구를 볼 수 있으실 겁니다.

진부하지만, '오뚝기'라는 표현이 잘 맞는 친구입

니다. 누군가가 힘 조절을 잘못해서 의도치 않게 그를 강하게 밀어도, 그것을 이해하고 받아들이며 다시 일어설 준비를 할 수 있는 그런 친구입니다. 그러니 다소 무겁더라도 그의 이야기를 끝까지 들어보시는 것도 괜찮을 것 같습니다.

마냥 친했던 친구가 대학교에 가서 동아리도 만들고 강연도 하더니 이제는 책까지 출판하네요. 앞으로 또 무슨 일을 벌일지 모르겠지만 그가 품은 꿈과 열정을 응원합니다.

멋있다 브라더

친구 전석재

1장

조금은
다르게 태어나도 괜찮아

나는 97%가 아니었다.

나는 장애인으로 태어났다. 태어나자마자 평균보다 작은 몸, 황달기를 가지고 엄마의 품이 아닌 인큐베이터로 들어갔다. 김남영의 인생은 그렇게 시작되었다.

100일이 지나고 돌이 다가왔을 때 아이들은 뛰어다니곤 한다. 하지만 나는 뛰기는커녕 일어나지도 못했다. 부모님은 나를 데리고 큰 병원으로 다녔다. 그렇게 장애인이라는 수식어가 붙게 되었고 26년째 병원에 다니는 중이다.

16살 때, 기적적으로 나는 근긴장이상증이라는 병명임을 진단받아 알았고, 이에 맞는 수술을 하기로 했다. '나의 병을 찾았다'라는 그 사실을 들었을 때 우리 가족, 주변 지인들 모두가 행복감을 느꼈다.

'나도 치료하면 이제는 아픔이 아니라 회복과 행복을 마음껏 누릴 수 있겠다'라는 행복 회로를 가지고 있었다. 그렇게 수술의 시간이 다가왔다. 나는 내가 받을 수술에 대한 다큐멘터리와 영상을 보았다. 내가 하는 수술의 진행 과정에 대해 알고 싶었다. 영상을 보는 나는 무서웠다.

머리에 철심을 박고, 가슴엔 커다란 기계를 넣어 머리의 신경과 연결을 하는 것이었다. 너무 무서워서 수술을 받지 말까 하는 생각도 했지만, 내 꿈인 비장애인이 되기 위해서 나는 수술을 선택했다.

(그 시절 나는 비장애인이 되어 축구를 하고, 걸어 다니고 싶었다. 지금 나의 꿈은 비장애인이 아니다.)

수술을 경험한 사람은 알겠지만, 수술 전에 정밀

검사를 받고, 다음 날 수술을 준비한다. 나도 수술 전날 병원으로 향했다. 몸무게, 키, 소변 검사, 피 검사 등 가장 필요한 검사를 받았다. 그리고 뇌수술 이라서 나는 머리를 빡빡 밀어야 했었다.

병원 지하 1층 미용실로 갔다.

"어떻게 손질해드릴까요?"

"뇌수술이 내일이라서 머리를 밀어야 합니다"하고 눈을 감았다. 이발기(바리깡) 소리가 들렸고, 평소와 다른 바리깡의 터치감을 느꼈다.

머리 가운데가 시원해졌고, 잠시 후 머리가 시원하다. 라는 느낌을 정확하게 알 수 있었다. 걱정을 많이 했지만 내 두상이 예쁨을 느낄 수 있었다.

저녁 시간이 되었다. 수술 전날은 금식이라서 배가 고파도 음식을 먹을 수 없었다. 물도 먹지 못해 거즈에 물을 적셔 내 입술에 수분을 주었다.

친구들과의 전화 통화를 통해 내가 오히려 그들에

게 용기를 주었고, 조만간 축구도 할 거니 연습해놔라. 라는 말로 안심을 시켰다.

아침 6시부터 수술 준비를 해야 되어서 최상의 컨디션을 보이기 위해 편히 자야 했다. 하지만 잠이 드는 것이 쉽지 않았다. 보호자 침대에서 누워있는 아빠에게 "아빠 잠이 안 와"라고 말했다. 아빠는 말없이 내 침대에 올라오셔서 팔베개를 해주셨고 나도 모르게 잠이 들었다. 그렇게 아침에 되었고, 비몽사몽인 상태로 수술을 준비했다. 소변줄을 껴야 하는데 5번이나 시도를 했지만 결국 실패를 했다.

전신마취를 하고 소변줄을 끼기로 했다. 뭔가 느낌이 불안했다. 괜찮겠지. 괜찮을 거라는 말을 하며 스스로를 다독였다, 머리에는 철심 나사를 박고 엄마 아빠와 인사를 하고 나는 혼자 수술실로 향했다.

의학 드라마를 보면 가끔 배드에 누워서 가족들과 인사를 하고 수술실 큰 문이 닫히고 카메라는 천장을 가르친 채 페이드 아웃이 되는 장면을 한 번씩을 보았을 것이다. 내가 의학 드라마의 한 장면이 된 것 같았다. 수술실을 수술마다 온도가 다르지만, 나는 차가운 온도를 유지해야 하는 수술이었다.

　추위에 떨고 있는 나를 위해 간호사 누나는 이불을 한 장 더 덮어주었고 손을 꼭 잡아주었다. 그리고는 나의 긴장을 풀어주기 위해 좋아하는 노래를 틀어주겠다고 했다. 그 당시 금요일에는 오디션 프로그램의 시초인 슈퍼스타 k2가 나왔었다. 많은 가수 중에서는 허각과 존박을 좋아했다. 마침 그 둘이 영화 글러브의 OST를 같이 불렀던 노래를 많이 좋아했다.

　간호사 누나에게 이 노래를 틀어달라고 했고 수술실에 있는 모든 사람은 나와 함께 노래를 들었다. 1절을 듣고 나는 마취를 하기로 했다. 마취하기 전 나에게 따뜻한 한마디의 말이 여전히 선명했다 "푹 자자 남영아, 수술 끝나면 선생님이 깨워줄게"라고 나는 잠자리에 들었다.

"남영아, 일어나자."

긴 잠에서 깨어났다. 일어나자마자 "수술 잘 되었어요?"라는 질문을 했다. 아마 비몽사몽이라서 나도 무슨 말을 했는지 모르지만, 바깥이 어두웠다. 내가 한 수술을 15시간 수술이라서 저녁 시간이 된 것을 보고 시간에 맞추어서 끝났구나. 걸을 수 있다는 행복한 상상을 했다. 그런데 보통 수술이 끝나면 중환자실에 하루 이틀은 경과를 지켜봐야 하는 것이 아닌가.

왜 나는 일반병실로 바로 가는 걸까. 너무나 건강해서 일반병실로 갔나. 상상의 나래를 펼친 채 마취가 덜 풀려 나는 잠을 또 잤다. 잠에서 일어나 보니 엄마 아빠가 있었다. 너무나 반가웠다. 나는 웃으며 말했다.

"나, 수술은 어때, 잘 된 거야?"

아빠는 그저 고개를 끄덕였다. 나는 그제야 안도의 한숨을 내쉬었다. 내가 정신을 차린 지 얼마가 되지 않아 엄마 아빠 각각의 핸드폰으로 전화가 왔다. 두 분은 전화를 받으려 복도에 나갔고 나는 홀로 남겨졌다.

그 순간, 주치의 교수님이 오셨다. 나를 보면 꺼낸 첫마디는 "내일 다시 하자 남영아"였다. 그 말이 이해되지 않았다. 분명 수술은 잘 되었다고 말을 들었는데 왜 '다시 해야 하는 거지, 이게 무슨 상황이지?'라는 생각이 들어 "수술은 잘 되었나요?"라고 물어보았고 "아니, 실패해서 내일 다시 시도해보자"라는 대답을 들었다.

교수님이 돌아간 뒤에도 멍했다. 믿고 싶지 않았다. 통화를 마친 아빠가 병실로 들어왔다. 아빠에게 무슨 일이냐고 말을 하고 싶은데 그저 눈물이 나왔다.

나는 걸을 수 있다고 확신했는데, 수술 성공 97%

인데 왜 나는 3%에 들어야 할까. 라는 생각이 너무나 억울해서 눈물이 나왔다.

아빠는 나를 안으면서 같이 울었다. 그리고 울먹이는 목소리로 '미안해 아들' '아빠가 정말 미안해' 그러면서 아빠가 펑펑 나를 안고 울었다. 태어나서 아빠가 우는 모습을 처음 보았다. 나와 아빠는 정말 많이 울었다.

기분을 정리하기 위해 휴게실로 나왔다. 같은 병실에 있던 보호자 한 분이 나와서 함께 1시간 동안 이야기를 나눴다. 마냥 나를 위로하는 것이 아니라 내가 좋아하는 야구 이야기, 미래, 기타 등등 다양한 이야기를 통해 나를 진정시켜주었다. 나는 다음 날 수술을 받지 않았다. 두려움 마음과 내가 성공을 할 수 있을 것이라는 믿음이 사라졌기 때문이다. 그렇게 나는 집으로 돌아왔다.

두 발의 감각

수술을 성공적으로 끝내고 본가로 돌아와서 친구들과 축하 파티를 하고 싶었지만, 똑같은 일상의 삶을 살아야만 했다.

똑같은 휠체어 앉아 축구를 하는 모습을 바라보아야 했다. 대신 한 가지 변화한 것은 걷고 싶다는 강한 마음이 생겼다는 것이다.

이는 곧 적극적인 삶으로 살아가는 삶의 시작이라고 볼 수 있다. 운동을 싫어하던 내가 부모님에게 먼저 재활 치료를 받고 싶다고 말했다.

즉시 훈련센터를 찾아 치료를 받았다. 일주일에 2번 1시간씩 나는 다리 근육을 풀어주고 힘을 주는 치료를 받았다. 얼마나 힘들었는지 치료가 끝나고 저녁을 먹으면 바로 잠이 들었다. 그리곤 다음 날 학교로 갔다. 그렇게 반복되는 중학교가 끝나고 고등학교로 가게 되었다.

공부의 양이 많아져서 치료는 1회로 받기로 했고, 대신 틈이 날 때마다 선생님에게 배운 동작을 집에서 적용하는 습관을 지니게 되었다. 나는 나 나름의 최선의 노력을 하였고 우리 가족들 또한, 나의 재활과 새로운 병원을 알아보기 위해 노력을 하였다.

주변 지인의 소개를 받기도 하였고, 인터넷 검색을 통해 어느 병원에 가야 하는가에 대한 고심도 많이 하였다. 고등학교에 올라가면서 다시 병원 진료 예약을 잡고, 서울로 향했다. 교수님에게 나의 상황을 이야기하고 입원을 하여 내가 받아야 할 모든 검사를 받고, 새로운 약물치료를 병행했다. 하지만 여전히 나는 일어서지 못했고 똑같은 하루하루를 살았다.

내가 고등학교 1학년 겨울방학이 시작될 때쯤 간호사인 우리 누나에게 전화가 왔다. 누나가 근무하는 병원에 나의 병명에 관한 연구를 진행하고 계시는 교수님이 있다는 연락을 받았다.

누나를 통해 예약을 잡았다. 병원에 가기 전까지 나는 이번에 가는 병원이 마지막 병원이길 간절히 기도했다. 다른 병원으로 갈 용기로 이제는 희미해져 갔다. 그동안 병원비, 치료비, 약값, 밥값 등 무수한 돈을 나에게 투자한 가족에게 너무나 미안했다. 그래서 나는 정말 간절히 이 병원에서 걷고 싶었다. 병원에 가는 날이었다. 전 병원에서의 의료기록을 복사하고 교수님과 만나 20분여를 이야기했다.

바로 입원을 시작하여 검사하지 말고 약물치료와 재활 치료에 매진하자고 하셨다. 나는 또다시 병실에 입원했고, 아빠는 본가에 짐을 가지려고 갔다. 침대에 누워서 엄마를 바라보았다.

"엄마. 이번엔 다를까?"

"다를 거야."

　다음날부터 본격적인 약물치료가 시작되었다. 이제껏 먹어 본 약물로 다시 복용해보기로 했고, 새로운 약물 시도를 하고도 하였다. 아침 점심 2번씩 이루어지는 재활 치료는 강도를 높여 진행하였다. 재활 치료를 받고 나서 나는 병실에서 홀로 운동을 더 하였다. 약물치료는 나를 너무나 힘들게 하였다. 각각의 약물마다 두통 복통, 다리 근육이 쪼여오고, 심지어는 다리 경련이 심하게 일어난 적이 많았다. 어느 날은 경련이 일어났는데 증상이 심하여서 귀신이 내 다리를 잘라간다고 엄마에게 소리쳤다고 했다. 정신을 잃을 때도 많았다. 고통은 적응되지 않았다. 밥을 먹고 약을 먹는 그 시간이 두려웠다. 하지만, 두려움으로 끝내고 돌아가고 싶지는 않았다. 평소와 다름없이 아침에 운동하고 점심을 먹었다. 그리고는 새로운 약을 처방받았다.

두려운 마음이 많았지만, 약을 먹었다. 한 달 만에 아무런 증상이 나타나지 않았다. 두통도 복통도 심지어 경련도 일어나지 않았다. 평소처럼 운동하고 병실에서 휴식을 취했다. 약 효과가 괜찮아서 그런지 하루, 일주일 동안 먹었다. 내 나름대로 병실에서 팔굽혀펴기 윗몸일으키기를 열심히 했다. 참 행복한 일주일을 보내고, 월요일 아침 회진 시간에 교수님이 병실로 왔다.

병실에 오실 때마다 나의 안 좋은 상황만 보시다가 몸이 좋다는 소식을 들은 교수님은 나에게 파격적인 제안을 하셨다.

"남영, 내 팔을 잡고 일어서보자."

일어서는 방법을 몰랐다. 다리에 어떻게 힘을 주어야 하는지 몰랐다. 교수님은 방법을 알려주셨고, 나는 방법을 따랐다. 일어섰다. 그곳에 있던 부모님, 인턴 선생님 환자 병실 안에 있던 모두가 짧은 감탄사를 내뱉었다. 그 소리를 들은 병동 간호사 누나도 놀라서 왔다.

교수님은 한번 손을 놓길 원하셨다. 나는 "교수님 안 돼요. 저 안 돼요"라고 말했지만, 순간 손이 놓였고, 나는 잠시나마 일어섰다. 어떤 것에 의지하지 않고 온전히 내 두 발의 힘으로 일어섰다.

울었다,

부모님도 나도 울었다.

주변에서는 환호를 지르며 모두가 축하해주었다. 그때의 벅찬 감정은 아마 내가 살아가는 동안, 이보다 더 벅찬 순간을 느끼지 못할 것이다. 이 시점을 계기로 나는 워커를 잡고 복도를 걸어 다녔다. 아침, 저녁, 밤 할 것 없이 식사 후 약을 먹고 신나게 걸어 다녔다. 그렇게 나는 18년 만에 걷게 되었다.

일상으로

　다시 본가로 돌아왔다. 아직은 먼 거리를 걷는 것이 힘들어서 나는 학교생활을 하는 동안 휠체어를 사용하였다. 원래부터 휠체어를 사용하였던 나는 평소와 같은 일상을 보내고 있었다.

　수업 시간이 끝나고 쉬는 시간이 왔다. 나는 휠체어에서 일어났다. 일어나서 교실 뒤쪽으로 뒤뚱뒤뚱 걸어갔다. 나에게 모두가 주목했다. 3초간의 정적이 흘렸다. 방학 전까지만 해도, 휠체어에만 앉아 있었던 내가 걸어간 사실은 모두를 놀라게 했다.

　3초의 정적이 흐르고, 다들 이렇게 말했다. "야, 걷는다"라는 짧은 문장과 함께 환호성이 나왔다.

복도에 지나가던 학생들과 선생님들은 모두 놀라서 우리 반으로 왔고 서 있는 나를 보며 손뼉을 쳤다. 그렇게 나는 다시 한번 더 '벽참'이라는 단어를 생각했다.

이를 통해 친구들은 나에게 어떻게 된 사실인지를 물었고 앞에 있었던 사건을 축약해서 이야기해주었다. 정말 기적과 같은 이야기를 들은 이들은 손뼉을 쳤고 함께 운동을 같이해주겠다고 하였다. 나의 점심시간은 재활의 시간이 되었다. 점심을 먹고 4명의 친구가 나에게 왔다. 일어서는 방법에 대해 알려주었고 한 걸음 한 걸음 내딛는 방법을 알려주었다.

시간이 지남에 따라 너무나 감사하게 이들은 걷는 방법에 관해 공부를 해오고, 나의 걷는 영상을 찍어서 함께 영상 분석을 하였다.

왼쪽 골반이 너무 틀어진다. 허리를 조금 더 펴야할 것 같다고 이야기를 하고 나의 걸음걸이를 직접 따라 하면서 무엇이 문제점인지를 파악을 하였다. 나는 이들과 함께 운동하고 축구와 캐치볼을 하면서 점차 더 나아진 걸음걸이를 만들게 되었다.

이전의 나

앞에서 고등학교 시절의 이야기를 했다. 나는 어릴 때부터 휠체어를 타고 살았지만, 주변에 친구가 많았다. 물론 처음부터 친구가 많지 않았다.

자세한 내용을 살펴보자면, 초등학교 1학년 때로 돌아가 거슬러 올라가야 한다. 1학년 초반에는 휠체어를 사용하지 않았다. 무릎 보호대를 차고 기어 다녔다. 그래서 장애인을 처음 보는 친구들은 나를 낯설게 나를 바라보았다. 무엇인가를 같이 하고 싶었지만, 쉽지 않았다.

어린 마음에 왜 나와 놀지 않을까, 라는 생각에 집에만 오면 울었다. 엄마는 나를 달래주었지만, 절대로 눈물을 흘리시지 않았다. 어느 날도 똑같이 달래주다가 엄마가 안방 화장실로 향하였다.

시간이 지나도 엄마가 나오지 않아 나는 안방으로 갔다. 우는 소리가 들렸다. 강했던 엄마가 울고 있었다. 엄마의 눈물 소리가 들렸다.

화장실에서 나온 엄마는 방바닥에서 앉아 있는 나를 보았고 우리 둘은 서로를 앉으며 또 한 번 울었다. 어린 마음이었지만, 엄마를 울렸다는 사실이 너무나 미안했다. 엄마를 웃게 해주고 싶었다. 힘들었지만, 나를 피해 다니던 이들에게 기어갔다.

초등학생이라는 장점은 무엇인가 바로 순수함이다. 그 시절 우리는 순수했다. 그래서 먼저 다가가 "친구 하자." "우리 집에 가서 놀자"라는 말을 건네면서 반 친구들과 이야기를 시작했다.

몇몇 친구와 우리 집에 와서 같이 놀고 엄마의 음식을 먹으면서 우리는 집 안에서 함께 놀았다. 내가 휠체어가 생기고 나서는 더욱더 활발히 놀았다. 학교에서는 함께 숨바꼭질했고, 경찰과 도둑 놀이를 할 때는 나는 경찰 대표로서 한 구역을 지켰다.

조금씩 친구와 함께하는 방법을 모색했다. 그때의 친구들이 마냥 고마웠다. 학년이 올라갈수록 나는 더 많은 친구 사귀었고 4학년부터 6학년까지 반장, 부반장, 부회장 역할을 늘 해왔다. 친구들과 좋은 관계를. 넓혀서 한 반의 대표로서 전체 회의에 가서 학생들을 위한 좋은 방안을 제안하기도 하였다. 나는 행동은 제약이 많아도 내가 할 수 있는 범위 안에서 최선을 다하는 모습을 배웠다. 하지만 여전히 내 안에는 아픔이 있었다.

어려서 그런지는 몰라도, 그냥 뛰고 싶었고, 축구 한번 제대로 하고 싶었다. 이런 마음을 나 홀로 간직했다. 학교를 다녀오고 공부를 하고 홀로 방 안에 있는 것이 힘들었다. 내가 너무 작게만 보였기 때문이다. 그렇게 초등학교 6년을 보내고 중학생이 되고 고등학생이 되었다.

중학교 3학년까지 정확히 말하자면, 수술하기 전까지 이러한 일상이 반복되었다. 잘 생활하다가 한 번씩 축구 경기를 하는 모습을 바라볼 때 친구들끼리 뛰어다니면서 놀 때 많이 마음이 아팠다. 중학교 3학년 때였다. 오랫동안 나의 심적 불안감은 극에 치달았다.

어떻게 세상을 살아갈 것이며 누구를 만날 것이며 내가 과연 걸을 수 있을까 등등 큰 고민부터 작은 고민까지 나를 굉장히 힘들게 하였다. 그래서 해선 안 되는 선택을 했다. 내 손에 잡히는 커튼 끈을 잡고 목에 감았다. 세상과 작별하고자 했다. 1분간의 시간이 흐를 때 우리 가족 친구들 그들의 웃음이 선명히 나타났다. 그들의 환함이 나의 어둠을 막아주었다. 나는 넋을 잃고 누웠다. 괴로웠다.

만약 내가 세상을 떠났다면 미래에 내가 걷고 있으리라는 것을, 지금 이 책을 쓰고 있는 기분 좋은 감정을 느끼질 못했을 것이다.

　그들의 미소가 여전히 감사하다.

　여전히 힘든 시간을 보내야 했지만, 지금까지 잘 버티면서 살고 있다.

나의 첫 해외여행

지금의 있는 공간을 떠나 다른 도시 나라로 간다는 것은 상상만 해도 웃음이 난다. 예능프로그램을 통해 해외 도시에서 촬영하는 것을 종종 보았다. 특히나 무한도전 예능을 보면서 출연진들이 즐겁게 시간을 보내고 맛있는 음식을 먹는 모습을 보면서 해외여행을 꿈을 꾸기 시작했다.

이제는 조금씩 걷는 것도 가능하고, 전보다 좋은 몸 상태로 유지하고 있어서 그런지, 해외여행에 대해 큰 기대를 하게 되었다.

고등학교 1학년 말쯤 담임선생님이 "오사카 탐방 프로그램이 열릴 것이고, 일주일 후에 지원 신청을 받겠다"라고 하셨다. 집에 돌아가 부모님과 이야기를 했다.

나는 부모님이 반대하지 않을까 생각했지만, 결과는 달랐다. 아빠는 한번 다녀오라고 하셨다. 나는 너무나 행복했다. 사실 일본을 가는 것보다, 비행기를 타보고 싶었기 때문이었다. 인터넷으로 장애인에 대한 복지 서비스가 굉장히 좋다고 하는 이야기가 많아서 기대감이 많이 있었다. 처음으로 여권을 만들고, 일본어 공부를 하였다. 시간은 흘러 출국 날이 왔다.

인천공항은 넓었으며, 휠체어가 어디든지 편리하게 갈 수 있는 환경이었다. 공항을 둘러보고 비행기에 탑승하였다. 비행기에 탑승할 때에도 휠체어 탑승자는 승객 중에서 가장 먼저 탑승하도록 안내해주신다.

안내를 받고 우리는 오사카를 향해갔다. 그렇게 나는 대한민국을 떠났다. 모든 것이 새로웠고 신기했다. 사실 일본이라는 국가에 대한 선입견이 많았다. 옛 역사로 인하여 좋지 않게만 생각했었다. 하지만, 친절한 사람의 도움과 교통시설의 편리함으로 나의 일본에 대해 새로운 생각을 하기 시작했다.

여행하는 동안 현지인들이 내가 이동할 때마다 쳐다보았다. 처음에는 기분이 나빴다. "휠체어가 신기한가? 내가 불쌍한가?"라는 생각도 들었다. 이러한 궁금증을 택시 기사님에게 물어보았다. 기사님의 답변은 일본인들은 장애인이 길을 지날 때 보편적으로 신경을 많이 쓴다. 그들이 위험에 처할 때 언제든지 도우러 갈 준비를 하기 위해서 확인 차 보는 것이라고 했다. 이 말을 듣고 함께 살아간다는 것에 대해 깨달았다. 무조건 돕는 것이 아니라 최소한의 도움을 주고 장애인 당사자가 최대한의 힘으로 삶을 살아갈 수 있도록 한다는 것이 시민의 인식이라는 것도 배웠다.

일본이 저지른 역사에 대해선 나는 용서하고 싶지 않다. 그러나 일본 시민의 장애인식은 우리가 배울 필요가 있지 않을까?

12일의 여행에서 깊은 깨달음과 함께 한국으로 돌아왔다.

이 사진은 수술 12시간 전 지하 1층 미용실에서 머리를 밀고 온 사진이다. 긴장했지만, 처음으로 머리를 밀어 웃음이 난다.

2장

본격적으로
꿈을 키워보는 거야

'장애' 너무 아파.

'사랑한다.'라는 말, 참 소중한 말이다. 내가 좋아하는 사람에게 주로 사랑해. 라고 흔히 말을 한다. 나의 장애를 사랑하는 데 있어서 큰 어려움이 있었지만, 나는 지금 당당히 말할 수 있다. 나의 장애를 나의 다리를 사랑한다고..

처음부터 나의 다리, 나의 장애를 사랑했다고 말할 수 없다. 스스로 장애인이라는 것을 부정했다. 학교에 다니면 점심시간에 운동장에 축구, 농구 등다양한 체육활동을 하는 학생이 많다. 또한, 교내를 세트장으로 삼아 뛰어다니거나 산책을 하는 학생으로 가득했다.

나 또한 축구를 하고 싶었고, 경찰과 도둑이라는 게임을 제대로 하고 싶었다. 참 좋은 친구를 만나 내가 할 수 있는 역할을 했지만, 나는 뛰고 싶었다. 운동장에서 패스를 주고받으면서 골을 넣어보고 싶었다.

그저 상상만 가득했다. 주변 사람에게 표현은 안 했지만, 속상했다. 그것도 아주 아주 속상했다. 과연 축구를 할 수 있을 것인가 내가 나의 축구화를 사는 날이 올 것이냐는 고민을 많이 하였다. 축구화를 실제로 사려고 했었다. 축구화를 보며 운동이라는 동기부여를 내가 받을 수 있으리라 생각했다. 하지만, 더욱더 절망감만 많은 것 같아 포기했다. 그렇게 나는 겉으로는 밝은 척 활발한 척하는 매일매일을 살았다.

운동에서만 내가 좌절만을 느낀 것은 아니었다. 오히려 더 심한 것이 나의 장애를 부끄럽게 만들었고 하찮게 만들었다. 장애인을 보는 소수의 사람 인식을 통해 나는 작아져만 갔다. 중학교 때까지 학교, 집이라는 울타리를 벗어나는 것이 힘들었다. 세상에 나아가는 것이 아주 두려웠기 때문이다.

휠체어를 타는 나를 어떻게 생각할까, 아니, 더 근본적으로 내가 다닐 수 있냐는 원초적인 고민을 하였다. 중학교 2학년 어느 날, 주말에 친구들이 영화관을 가자고 하였다.

나는 지금까지 아빠의 차를 타고 아빠의 등에 업혀서 영화관에 간 기억밖에 없는데 친구들과 함께 영화관에 내가 갈 수도 있을까. 라는 생각이 들었다. 더군다나 이동을 버스로 함께 가자는 것이었다. 내 인생에 있어서 가장 큰 도전이 될 것 같았다. 부모님도 걱정은 많이 되었지만, 허락해주셨다. 그렇게 버스 정류장으로 한걸음 향하였다.

그 당시(2011년도)에는 저상버스가 많이 없었다. 휠체어를 타고 있는 나는 일반 버스보다는 저상버스 탑승을 경험하고 싶었다. 1시간 후 저상버스 한 대가 왔다. "아저씨 휠체어가 있어서 리프트 내려주세요"라고 말했지만, 승객이 가득 차서 휠체어를 못 태워주겠다며 지나갔다.

결국엔 사람이 적은 일반 버스를 탔다. 나를 업고, 휠체어를 들고 우리는 떠났다. 버스 탑승이 이렇게 어려웠던가. 사회라는 곳을 가기 위한 수단이 아주 힘들었다. 휠체어를 내리고 우리는 거리를 걸었다.

길이 좁아서 휠체어가 지나가면 다른 사람들은 길을 피해서 걸어가야만 했다. 소수의 사람은 "아! 씨, 짜증 나게.""아, 뭐야…."라는 말을 하는 사람도 있으며 말보다 더 무서운 눈으로 쳐다보며 피해가는 사람이 있었다. 그 순간 내가 느낀 감정은 죄인이었다.

세상에서 가장 큰 죄를 지은 범죄자 말이다. 나의 길을 간다는 것이 다른 사람에게 욕을 먹으면서까지 가야 하나. 그냥 집으로 돌아갈까 하는 생각이 많았지만, 친구의 위로로 노래방으로 갔다.

　노래를 부르고 집으로 돌아오는 길은 절망적이었다. 신나게 놀려고 간 길에서 사회의 절망을 보았다. 막막했다. 이 사회에서 내가 살아갈 수 있을 것인가. 아니면 한국을 떠나 장애 인프라가 잘 구축이 되어있는 나라에서 살아야 하는가. 많은 고민을 보냈었다.

성인이 되다.

앞에서 말한 것처럼 나는 걷게 되었고 전보다 자유로운 생활이 가능해졌다. 하지만 여전히 사회의 인식은 무서웠고 불안했다. 그런 내가 고향을 떠나 대학으로 가야 한다는 그 사실이 설렘과 두려움이 공존했다. 하지만 언젠가는 사회에 나가서 사람을 만나야 하고, 직장을 잡고, 결혼해야 하는 상황이기에 부모님 품에서만 있을 수는 없다. 라는 결정을 했고, 나 혼자 타향살이를 시작했다.

강릉을 떠나 대학 기숙사에서의 첫날은 기분이 굉장히 이상했다. 여행과는 느낌이 아주 달랐다. 내일

부터 빨래, 식사, 옷 등 원래는 도움을 받았던 것들이 사라지고, 모든 것을 혼자 다 해야 한다는 막막함이 있었다.

침대에서 뒤척이며 잠에 서서히 들었다. 생활적인 면에서는 점차 적응해 나갔다. 옷차림도 내가 매칭해서 입고, 세탁기 돌리는 법을 배워서 빨래도 했다.

늘 같이 먹었던 식사에 익숙했지만, 가끔은 혼자서 밥을 먹어 보았다. 하지만 내가 여전히 어렵게 느껴진 것이 많았다. 하루는 배가 고파서 기숙사 1층 편의점에서 컵라면을 샀다. 방에 와서 수프를 라면에 넣고 정수기로 갔다. 우리 기숙사는 공용 정수기였다. 나는 손이 떨려서 액체가 들어 있는 물건을 들지 못한다.

라면을 보면서 나는 생각했다. 물을 떠 오고 싶은데 어떻게 해야 할까. 고민하다가 정수기 앞으로 라면을 들고 갔다. 온수를 담았을 때 역시나, 손이 떨렸다. 잠시 바닥에 내려놓았다. 그리고는 잠깐 들고 앞으로 나가고 다시 바닥에 내려놓았다. 그렇게 10분의 시간이 흘러 방으로 왔다. 정수기와 방 사이의 거리는 15초이다. 하지만 10분이라는 긴 시간이 흘렀고 면이 국물을 흡수하여 퉁퉁 불었다. 맛있는 라면을 먹고 싶었지만, 불은 라면을 먹었다.

내가 정말 작아 보였다. 먹고 싶은 라면 하나 먹는 것이 이렇게 어려운 일이 될 줄은 몰랐다. 또 다른 사례가 있다. 나는 햄버거를 굉장히 좋아한다. 친구와 햄버거를 먹으러 가면 잘 들고 먹지를 못하여 몇 입을 막고 나면 버거 속 재료는 빵 사이를 벗어나 따로따로 먹는 경우가 대다수였다. 괜히 햄버거를 깔끔하게 먹고 싶었다. 그래서 매일 밤 햄버거를 사서 안 흘리고 먹는 연습을 했다. 연습은 효과가 있었다. 흘리지 않고 먹기 시작했다.

지금은 버거 크기가 큰 것이 많아서 흘리고 먹긴 한다. 나는 이렇게 평범한 일상을 살기 위해 나만의 방법을 만들어 가고 있었다. 그러면서 장애에 대해 깊은 생각을 하게 되었다. 살아간다는 것이 또, 앞으로 나아간다는 것이 너무나 어렵다는 것을 깨달았을 때 많이 절망하기도 했지만, 한편으로는 내가 더 단단해져야 함을 많이 느꼈다. 마음의 단단함, 육체적으로도 건강해야 한다고 생각했다. 그래서 나는 도전이라는 단어를 20대의 내 삶을 목표로 삼았다.

20대의 첫 도전

앞에서 말한 일상의 도전을 꾸준히 해오다가 나는 큰 도전을 해보고 싶었다. 도전을 찾던 와중 우리 학교에서 진행하는 전국 대학생 5분 PR 대회가 있었다. 말하는 것을 즐기던 나는 큰 고민 없이 원서 접수를 했다.

대회의 주제는 열정이다. 열정이라는 것을 생각했을 때 나에게 가장 큰 열정이 무엇일까를 생각해 보았다. 생각하다가 중학교 시설 버스를 타던 생각이 났다. 좋지 않았던 상황이었지만, 마음 한쪽에 이러한 인식을 내가 바꿔보면 어떨까. 내가 먼저 움

직인다면 어떨까 하는 생각이 있었다. 마음만 있었지만, 그동안 누구에게도 말하지 않았고, 내가 할 수 없을 것만 같았던 생각이었는데 장애, 복지, 인권이라는 단어를 생각했을 때 가장 빨리 심장이 뛰었었다.

장애인과 비장애인이 공존하는 세상에서 살아가는 것, 서로가 도와주는 세상에서 살아가는 것을 생각했을 때 너무나 기뻤던 내가 떠올랐다. 그래서 나는 "선진장애 복지국가 대한민국"이라는 타이틀로 원서 접수를 했고 5분의 스피치를 위해 원고를 쓰고 외웠다. 유튜브로 스피치 발표에 대한 영상을 찾고 친구들을 내 방으로 모아서 나의 발표에 대한 평가를 받고도 했다. 그렇게 시간을 흘러 예선심사의 날이 다가왔다. 처음으로 무대에서 나만의 이야기를 하는 시간이었다.

무대를 올라가기 전 심장은 너무나 떨려서 말을 실수하면 어떨까 잘할 수 있겠냐는 생각으로 무대에 올라갔다. 참 감사하게 심호흡 3번을 하니 긴장감이 사라지고 목소리에 평안함이 찾아왔다.

자신 있게 내가 생각하는 장애 복지에 관해 이야기했다. 그렇게 나는 무대에서 5분 동안 내가 말하고 싶은 이야기를 하고 내려왔다. 본선에 못 올라가도 속이 후련했다. 새로운 도전의 시작을 잘한 것 같았다. 모든 예선전을 마무리하고 3 대 1의 경쟁률을 뚫고 본선에 진출했다. 너무나 기뻤다.

3일 남은 본선을 치르기 위해 PPT를 다듬고 원고를 수정했다. 친구에게 무엇을 입어야 할지 조언도 구하고 만발의 준비를 했다. 본선의 무대는 우리 학교에서 가장 넓은 홀에서 진행되었다. 약 3천 명이 들어갈 수 있는 홀이었고 큰 무대에는 휠체어를 탄 나만 서 있었다. 나의 본선 무대는 마지막 순서였다. 본선인 무대인 만큼 다들 실력이 쟁쟁했다.

나는 그저 즐기고자 했다. 20살에 내가 대학 가장 큰 무대에서 내 이야기를 한다는 것만으로도 엄청난 기쁨이어서 떨림 없이 5분의 시간을 보냈다. 결과 발표를 하면서 다들 하나둘 호명이 되면서 상을 받았다 기쁜 마음으로 축하하고 있었다.

 대상 발표를 앞두고 나는 누가 대상을 받을까 하는. 마음으로 보고 있었다. 화면에 내 이름이 나왔다. 김남영. 대상 무대 위로 올라가야 하는데 허둥지둥하면서 무대로 올라갔다. 이게 맞나 싶은 마음이 있었지만, 참가자들은 환호하며 심사위원들은 나에게 참 잘했다 수고했다. 라는 격려를 해주었다. 그렇게 나의 첫 도전은 너무나 좋은 성과를 남겼다. 100만 원이라는 큰돈을 스스로 벌어본 것이 처음이었다. 부모님에게 용돈을 드리고 내가 사고 싶은 DSLR 카메라를 샀다. 그 카메라로 부모님, 친구들과 좋은 추억을 남기곤 했다.

첫 도전 이후

도전이 끝나고 나는 자신감이 생겼다. 나는 무엇을 할 때마다 내가 장애인인데 나는 휠체어를 타는데 할 수 있을까, 갈 수 있냐는 고민을 많이 한다. 하지만 도전의 성공 이후에는 하고 싶은 것을 하자라고 마음을 먹게 되었다.

여전히 어렵고 고민이 많이 되지만 도전을 시도했다. 도전을 안 한다면 후회가 남겠지만 실패를 해도 성공을 해도 나는 했다는 것만으로도 성장할 수 있다는 것을 깨달았기 때문이다.

여기서 말하는 도전은 PR 대회 같은 큰 도전도 포

함이 되겠지만 대중교통을 타고 어디론가 가는 나, 휠체어를 타고 학교 골목 식당을 가서 밥을 먹는 나 등 사소한 것도 나에겐 매일의 도전이다. 그리고 나는 직접 할 수 있는 폭을 넓히기 위해 많은 시도를 했다.

컵라면을 먹고 싶을 때는 큰 보온 텀블러를 가지고 가서 물을 받고 뚜껑을 닫으면 안전히 뜨거운 물을 가져올 수 있었고, 때로는 적은 양의 물을 받아 이동하는 연습도 하기도 했다. 그렇게 나는 나만의 방법을 터득해갔다.

하모니 원정대

학교 장애 학생지원센터에서 연락이 왔다. 기아자동차에서 실시하는 장애인 이동권 조사를 하는 프로그램인데 9박 10일간 전국을 돌아다닌다는 것이었다.

나는 문자를 받자마자 "하겠습니다"라고 답했다. 묻지도 따지지도 않고 그냥 GO였다. 이 기회를 놓치게 된다면 대학 생활에서 후회가 많이 남을 것 같았다.

그렇게 나는 팀에 소속이 되었고, 막내의 포지션을 담당했다. 각기 다른 장애인 2 비장애인 3명이 모여 "장보고" 장애인과 보고 듣고 즐기는 팀이라는 이름을 만들어 프로젝트를 구성했다.

지역을 정하고, 역할을 정하고, 동영상을 끝으로 우리는 모든 서류 심사를 준비했다. 결과는 합격이었다. 우리는 발대식 캠프로 향했다.

기본적인 장애인식에 대한 지식을 배웠고, 팀별로 구체적인 계획을 점검하는 시간을 가졌다. 설렜다. 장애라는 단어에 대해 배움의 시간을 다 같이 가져 본 것이 처음이었고, 다른 장애인을 많이 만난 것이 처음이었다. 그리고 여행을 좋아하는 나는 새로운 곳에서 어떠한 상황과 웃음이 일어날지에 대해 기대감이 부풀어져 갔다.

발대식이 끝나고 여행의 시작이 다가왔다. 짐을 싣고 노래를 틀고 우리는 떠났다. 단순히 여행하는 것이 장애 접근치를 직접 확인하는 것이었기에 더욱더 세밀하게 하나하나를 확인하였다.

접근성이 좋은 공간, 시 청각 장애인이 스스로 이

동할 수 있는 공간을 확인했다. 하지만 배리어프리 장소가 그리 많이 있지 않았다.

 아주 슬펐다. 언제쯤 장애인 스스로가 이동할 수 있는 환경, 여행환경이 조성되고 있을까. 2016년도 여름 나는 장애 이동권 활성화를 위해 활발히 다녔고, 장애 이동권을 활성화할 수 있는 환경을 조성할 수 있길 그 누구 보다 원했다. 책을 쓰고 있는 2021년 지금은 무장애 여행지 가 점차 많아지고 있고, 더 확산이 되길 바랄 뿐이다.

첫 동아리, 첫 회장

하모니 원정대를 다녀온 후 나는 많은 생각에 빠졌다. 장애는 과연 무엇일까, 이동권은 무엇일까, 라는 고민이 있었다.

내가 다니고 있는 대학은 장애 이동권이 불편했다. 많은 언덕이 있고, 엘리베이터가 없는 노후화된 건물, 심지어 휠체어 사용자가 사용할 수 없는 화장실이 많았다. 누구를 위한 건물일까. 편하게 공부할 수 있는 건물인가.

이런 이동권에 대한 불편함을 겪은 것만은 아니다. 장애 비하 발언들이 심심치 않게 들리며, 무엇보다 장애인을 대하는 태도에 대한 궁금해하는 사람들이 많다는 것을 깨달았다.

홀로 고민을 하다가 기도를 하고, 물어보며, 1학년 겨울방학이 끝나가기 전 동아리를 만들기로 했다. 홀로 장애인식의 변화를 일으킬 수 없었다. 함께해야 가능하다는 것을 느꼈다. 그래서, 나는 동아리명을 인·지·해(사람 사이의 어울림)이라는 뜻으로 지었다. 그렇게 나는 조직의 대표가 되었다. 동아리 배경 목적 활동 계획을 정리한 문서를 만들었고, 학교 홈페이지 SNS 게시글에 올렸다. 3명의 친구가 나와 함께하기 위해 연락이 왔다. 내가 '인지해'를 소개하는 것, 우리 동아리의 정체성 설명, 회칙 규정 부회장 선출 대외협력국장 선출건들로 첫 회의를 했다. 심장이 터졌고 설레었다. 이들과 학교를 변화시키고 싶었다. 장애인들이 우리 대학을 편하게 웃으면서 다니는 장면을 늘 상상했다.

이런 상상은 회장인 나만 가지고 있던 것이 아니었다. 구성원(나를 포함 장애인 2 비장애인2) 모두가 한 사람의 이동권을 생각했다. 인원 구축을 위해 우리는 동아리 마당제에서 동아리 팸플릿 한 장과 총학생회에서 빌린 간이 책상 하나를 들고, 학교 광장에 자리를 잡고 홍보했다. 그 결과는 놀라웠다. 3명의 학생이 들어왔다. "저도 동아리 하고 싶어요. 의미 있는 일을 하고 싶어요."라고 했다. 삶에 의미를 담고 싶어 하는 사람이 많다는 것을 알았고, 함께 잘 살아가는 삶에 대해 다들 꿈을 꾸고 있었다. 나만이 아니라 함께 하는 이들이 있기에 인지해가 기대되었다.

인지해 이륙 준비

비행기가 이륙하기 위해선 많은 과정을 거친다. 비행기 점검을 하고 짐을 싣고 승객을 모시고, 활주로를 천천히 달리다가 엄청난 속도와 함께 점차 하늘로 날아간다.

승객으로선 창밖을 보았을 때 구름 속 비행기가 잘 가고 것인지 잘 모른다. 그래서 좌석 모니터에는 비행기의 운행표시가 보인다. 기장은 목적지로 가기 위해 지속해서 방향을 설정하고 때로는 예상치 않은 기상악화와 같은 변수에 흔들리기도 하지만 목적지로 향하기 위해 최선을 다한다. 이러한 기장,

회장이 되고 싶었다.

 이룩하기 위해 많은 시간이 필요한 것처럼 우리는 급하게 가지 않고 우리만의 속도로 길을 걸어가기로 하였다. 점차 깊은 회의를 통해 1학기 운영 방향을 설정했다.

 인지해의 목적지는 '올바른 장애인식 전파'라는 목적지로 삼았다. '올바른'이라는 단어에 대해 모호하게 생각할 수 있을 것이다.

 나와 인지해가 가진 올바른 장애인식이란 장애인과 비장애인의 동등함을 주장한다. 장애인이라는 올바른 용어 예절, 그리고 장애인이 다른 장애인을 비하하지 않는 것 기본적인 교육, 이동권을 가지는 것이 바른 사회, 바른 교육이라고 생각했다.

 지금도 이러한 생각으로 많은 활동을 하고 있다, 사실 여전히 장애인이란 단어 대신에 장애우라는 단어를 많이 사용하는 것을 심심치 않게 볼 수 있고, 장애인 비하 표현이 온라인 댓글로 또한 일상적인 대화 안에서 많이 들린다. 언어적인 면과 함께 장애인을 도움의 대상, 약한 사람이라고 생각하는 사람이 더욱 많이 있다는 것을 직접 체험하면서 과연 대한민국 사회는 올바른 장애인식을 가지고 있는 국가인가에 대해 많이 생각한다. 생각만 있으면 변화는 없다. 불이익을 당하고 있다고 가만히 있으면 변하는 것은 없다 라는 것을 깨달았다.

인지해도 생산적인 활동을 하고 싶었다. 그래서 강원도 최초로 대학 내 장애 인식캠페인을 운영해 보기로 했다

위원장은 처음이라

올바른 장애인식 전파를 위해 가장 좋은 방법은 체험이라고 생각했다. 그것도 직접적인 체험 말이다.

휠체어를 타고 오르막길을 올라가는 것 3cm의 턱을 오르는 것이 얼마나 힘들지, 또 저시력 체험을 하면서 시각장애인의 삶을 통해 그들이 바라보는 세상을 느끼고 청각장애인을 통해 들림에 대한 중요성, 수화를 통해 대화의 중요성을 느끼는 것, 그리고 정신적 장애 체험을 통해 정신적 장애인과 함께 더 활발한 교내생활을 해야 한다고 생각했다. 체험을 통해 장애인은 불편해. 힘든 삶을 살아가는 사람이야. 라고 끝내고 싶지 않았다.

1. 자주적인 삶을 살아가는 사람이라는 것을 보여
주고 싶었다

2. 조금 더 편리한 삶을 만들기 위해 장애와 비장
애를 떠나 함께 만들어 가는 학교를 만들고 싶었기
에 체험을 꼭 하고 싶었다. 기획은 다 되었지만, 장
소 시간 체험 방법에서 많은 자문을 구했다.

먼저 총학생회를 찾아갔다. 함께 더 좋은 콘텐츠
를 만들어갔다. 복지관을 방문하며 기존에 하는 체
험에서, 더욱 더 활동적인 체험에 대해 조언을 받았
고 협력 기관으로 함께 하기로 했다. 21살 위원장
이라는 역할을 통해 여기저기 다녔다.

인지해 총학생회 시뮬레이션을 통해 보완점을 찾
아갔다. 그리고 일에만 중요시하다 보면 함께하는
부원에 대해 소홀히 할까 봐 틈틈이 한 명씩 만나
밥을 먹고 서로의 삶을 나누었다.

조금씩 대표자의 삶에 대해 터득해 나갔고, '올바

른' 이라는 가치관에 대해 점차 한 발짝 더 나아갔다. 지금 인지해 비행기는 최고 속도로 활주로를 달리고 있다.

첫 인식개선 캠페인

아침 일찍 샤워하고 정장을 입고 향수를 뿌리고 나왔다. 행사장 세팅을 최종 점검하고 장애 인권선언문을 낭독하면서 우리의 행사는 시작되었다.

학교 행사장에 학생들이 기웃기웃거렸다. 많은 휠체어가 놓여있고 현수막이 걸려있었기 때문이다. "장애 체험하세요! 퀴즈 풀고 가세요!"라고 외치는 우리의 목소리를 듣고 학생들이 한 명 한 명 찾아왔다.

휠체어를 타는 학생, 퀴즈를 풀어보는 학생들로 점차 인원이 모이고 있었다. 나는 전반적으로 행사장을 총괄하며 이곳저곳을 다녔다. 그중에서 장애인 퀴즈 부스에 참여자가 많았는데 정답을 확실히 아는 문제도 있었지만, 잘 모르는 문제도 많다. 라는 표현을 많이 들었다. 당시 부스에 '장애'에 관련한 문제를 공유하고 싶다. 아래의 4문항을 잠시나마 풀어보길 바란다.

1. 장애우는 맞는 표현이다

2. 시각장애인 길을 안내하는 안내견에게 먹을 것을 줘도 된다

3. 뇌성마비 장애인은 지능이 낮다

4. 시각장애인을 위한 점자블록은 두 가지 종류이다.

 – 장애우는 잘못된 표현, 장애인이 올바른 표현이다.

 – 안내견에게 먹을 것을 줘도 안 되고, 마주 서도 안된다. 안내견은 시각 장애인의 눈이기에 임무에 방해가 된다.

 –뇌성마비 장애인 모두가 지능이 낮은 것은 아니다.

 –점자블록은 선형 블록과 점형 블록 두 가지의 블록이 존재한다.

이중 "장애우가 맞는 표현이 아니에요? 그렇게 알고 있는데"라고 많이 착각하는 사람도 많았다.

나는 그때마다, "장애인이 올바른 표현입니다. 사람 인이라는 한자를 통해 벗 우 친구의 개념이 아니라 같은 인격체로 봐야 합니다"라고 이야기를 했다. 올바른 인식은 올바른 표현에서 나온다고 생각한다.

장애인은 매일 친근한 존재는 아니다. 항상 잘 해줘야 하는 대상도 아니다. 각자의 정체성을 가자고 귀한 삶을 살아간다. '그저 한 사람'이라는 설명을 보탰다.

체험을 통해 사람들에게 설문조사를 진행했다. 그중 가장 많은 답변을 받았는데, 휠체어를 타는 것이 너무 힘들다. 휠체어가 편히 갈 수 있는 우리 대학이 되길 원한다. 장애인에 대한 지식을 길러야겠다. 장애인은 멀리 있는 사람이 아니라는 것을 알게 된 시간이라는 답변이 가장 많았다.

 캠페인까지 긴 시간을 회의하고, 여기저기 다닌 시간이 떠올랐다. 그리고 생각했다. 동아리를 잘 만들었고, 캠페인을 하기 잘했다는 생각, 이를 기반으로 우리 동아리는 추진력을 얻게 되었고, 학교의 실질적인 인식변화와 시설변화를 위해 더 고민하기 시작했다.

직접 나가자 우리

캠페인을 이후, 우리는 더욱더 적극적으로 회의를 했다. 학교를 직접 점검하자는 의견이 많이 나왔다. 마침 나는 1년 전 하모니 원정대에서 받은 장애 이동권에 대한 시설 규격에 대한 파일이 있어, 이를 바탕으로 강원대학교 인지해의 시설점검표를 만들 수 있었다.

좋다. 그럼 줄자와 점검표를 직접 들고 학교 모든 건물을 다니자. 라고 했다. 며칠 동안 나는 법적 근거를 찾아보고 직접 배운 점검표를 토대로 양식을 만들어 팀별로 배분을 했다.

팀은 시간을 정해 건물을 조사하고 사진을 찍어 보고서로 만들었다. 각자의 시간을 할애하여 학교 발전을 위해 수고해준 동아리원 모두가 너무나 감사했다. 나도 직접 조사를 다니며 아주 서러웠고 슬펐다.

장애인이 가지 못한 장소가 많아 제한된 삶을 살아가는 것이 슬펐다. 몇몇 동아리원은 나에게 전화했다. 이런 활동을 하면서 몰랐던 부분을 알게 되어서 감사하다. 빨리 조사해서 학교에 보고하자. 라고 나에게 말할 경우가 많았다. 자신의 아픔과 같다고 생각한 그들의 진심에 나도 힘을 낼 수 있었다.

대장정의 마무리를 하기 위해 모두가 모였다. 최종적으로 보고서를 만들어 학교에 제출하였다. 많은 건물이 경사로 설치가 시급했고 장애인 화장실이 장애인 화장실답게 사용되어야 했으며 계단만 존재하는 건물에는 엘리베이터 설치가 시급했다.

많은 예산, 시간이 든다는 것을 알고 있었기 때문

이다. 그래도 꼭 필요했기에 학교에 엘리베이터 설치에 대한 설명을 준비하고 있었다. 타이밍이 완벽했던 것일까? 한 장애 학생에게 연락이 왔다. 제가 수업을 듣기 위해 건물로 향하는 길이 오르막길이라서 엘리베이터가 설치되면 너무나 편하게 다닐 것 같다. 수업 듣는 건물은 계단을 올라가거나 높은 경사로를 올라가야지 들어갈 수 있다. 그 건물 옆에는 백록관이라는 동아리방 및 식당이 있다. 백록관 뒷문을 통해 나간다면 수업 듣는 건물로 바로 들어갈 수 있었다. 그래서 내가 생각한 엘리베이터 설치 위치는 백록관 옆이라고 생각했다. 그러면 자유롭게 동아리도 할 수 있고 수업을 편히 들을 수 있다고 생각했다. 학생의 연락을 받고 나는 무조건 추진해야지. 라고 마음을 먹었다.

  다음날 인지해 카톡방에 학생과 주고받은 내용을 올렸고, 우리는 학교에 말하기로 했다. 학생과로 갔고 이런저런 상황을 말했다. 그 결과는 어땠을까. 약 2주 뒤 연락이 왔다. "남영 학생 엘리베이터 설치할 건데 남영 학생인 말한 곳으로 설치하면 될까요?"라는 말을 들었고 나는 신나서 "네네, 그곳에 꼭 해주세요"라고 답했다. 설치 확답을 받고 그 학생에게 다시 연락했다.

기뻐했던 학생의 웃음이 귓가에 여전히 선명하다. 그렇게 3개월 뒤 우리 학교는 새로운 엘리베이터가 세워졌다. 함께 조사했고, 보고서를 만들고 불편함에 대해 함께 화를 내고, 목소리를 내었다. 변화가 없던 곳에 새로운 변화가 일어났고, 누군가 어렵게 생각했던 이동에 쉽게 이동할 수 있게 되었다. 나 혼자서 학교를 변하기 위해 애를 썼다면 이루지 못했을 결과였다.

함께 있기에 변화를 가져왔다. 학교에 변화가 일어난다. 건물의 변화, 사람의 변화이다. 나는 아직 전문적인 장애인식 교육가는 아니다. 하지만 장애복지에 대한 논문, 강의 영상 그리고 내가 생각하는 장애를 공부했다. 장애복지관에 가서 내가 생각하는 장애 인권에 대해 복지사님에게 물어보고 올바른 장애인식으로 변화를 가져왔다.

2017년 인지해 회장을 시작한 지 얼마 되지 않아 이렇게 스스로 공부하는 와중에 처음으로 강의 제안이 들어왔다. 첫 강의는 우리 대학 단과대학 회장단에게 하는 것이었다. 그들에게 강의함으로써 각자의 대학에 입학한 장애 학생을 위한 복지시설 구축과 함께하기 위함이었다.

15분 짧다면 짧고 길다면 긴 시간이다. 우리가 잘 알고 있는 세 바 시(세상을 바꾸는 시간 15분)도 적당한 시간에 우리는 울고 웃고 새로운 감정 배움을 가지는 시간이라는 것을 알 수 있다. 나도 15분이라는 시간에 장애 복지가 중요하다는 점을 강조하고 싶었다. 사실 정확하게는 "함께"라는 단어를 강조하고 싶었다. 많은 돈으로 시설을 정비하고, 장애 정책을 만들어서 장애 학생들이 학교생활을 하는 것도 중요하다. 하지만 우리가 '함께'라는 감정이 없다면.

이것이야말로 빛 좋은 개살구가 아닐까, 맛있어만 보이는 음식에 그치지 않을까. 활활 타올랐다가 재가 되는 나무처럼 될 것이었다 그래서 나는 함께 걸어감으로, 장애, 인권, 함께.라는 마음이 재가 되지 않기 위해 은은하게 타오르는 모닥불처럼, 약한 불로 푹 끓인 사골처럼 깊은 맛을 유지하고 싶었다.

인지해를 만들고, 다양한 홍보용품을 만들어 우리 학교 광장에서 홍보를 한 사진이다. 이 홍보로 인해 점차 인지해가 확장해 갔다.

3장

더 큰 세상으로

가자 아프리카로

내가 속한 기독교 동아리는 코로나가 터지기 이전 여름방학과 겨울방학마다 해외 선교를 떠났다. 나도 아프리카를 가기 전에 베트남, 태국을 다녀왔다. 약 40명이 함께 가는데 장애인은 내가 유일했다.

물론 어려운 일도 많았지만, 함께 하는 이들이 있었기에 좋은 추억을 만들고 돌아왔다. 다음 방학엔 아프리카 케냐로 선교 활동을 하러 간다는 소식을 들었다. 개인적으로는 복음 전파와 함께 아프리카의 장애 시설을 경험하고 싶었다. 케냐에 대한 영상을 봤을 땐 좋지 않은 장애 시설은 당연하게 생각했고, 장애에 대한 낮은 인식이 존재할 것 같았다.

그래서 내가 직접 가야겠다는 생각이 강하게 들었다. 가장 먼저로 신청을 하고, 남은 시간 동안 많은 것을 준비했다. 선교 활동에 대한 기도, 간증문 작성 그리고 한 달간 일정을 위해 체력관리를 했다. 원래 운동을 좋아해서 꾸준히 헬스를 했지만, 나름대로 식단관리와 헬스 루틴을 강화했다. 시간이 흐르고 당일이 되었다. 새벽 비행기에 탑승하기 위해 우리는 저녁에 인천국제공항에 도착했다.

나는 공항을 정말 좋아한다. 내가 치열하게 살던 곳을 잠시 떠나 새로운 곳. 새로운 배움을 얻는다는 것이 매우 설렌다. 그리고 또 좋아하는 이유는 어떤 장소보다 배리어프리가 잘 되어있다는 것이다.

대표적으로 턱이 없어 자유롭게 휠체어 장애인이 편히 이동할 수 있고. 모든 입 출입구에 점자블록과 시각장애인을 위한 서비스가 잘 되어있다. 청각장애인을 위해 경보기가 틈틈이 설치된 것을 볼 수 있다. 그래서 나는 공항이 너무나 좋다.

혹시 독자님들은 휠체어 사용자가 어떻게 비행기에 탑승하는지 알고 계시는가? 탑승권을 발급할 때 직원분은 나에게 비행기 탑승 20분 전에는 게이트로 오셔달라고 당부를 해주신다.

대부분은 모든 승객이 탑승을 마친 후 마지막 탑승객으로 비행기에 탑승한다. 보행이 가능한 장애인은 비행기 입구까지 자신의 휠체어를 타고 가서 기내에서는 보행을 통해 자리로 가는 방법이 있고, 보행이 어려운 장애인은 기내용 휠체어에 탑승한다.

그 후, 직원분은 나의 휠체어를 화물보관함으로 옮겨주신다. 그렇게 장애인에게 좋은 서비스로 여행을 시작한다. 이러한 방식은 국내 국외 여행사 상관없이 아주 잘 진행이 된다.

이날은 국외 항공사를 처음으로 이용한 날인데 정말 친절하게 대해주셔서 정말 감사했다.

영어를 잘하지는 못하지만, 승무원과 몇 분간의 기분 좋은 대화를 하였다. 많은 장애인이 탑승하는가에 대한 질문에 다양한 종류의 장애인이 여행을 가는데 그중 나와 같은 휠체어를 탄 장애인이 많다고 이야기해주셨다. 그리고 내가 방문하게 될 케냐에서 조금 설명을 해주셨다.

불편할 수 있지만, 사람들이 친절해 즐거운 여행이 될 것이라고 하였다. 대화를 마친 후 화장실을 가던 길에 잠시 나를 불러 선물을 주고 싶다고 하였는데, 바로 비즈니스 승객들에게 주는 파우치였다. 남영의 소중한 추억을 선물하고 싶다는 말과 함께 선물을 받았다. 기분 좋게 우리는 목적지를 향해 날아갔다.

자신을 인정하자

케냐에서 짧은 강연을 토대로 나의 이야기를 하고 싶은 갈망이 생겼다. 내가 왜 장애 복지를 중요하게 생각하고 있는지. 대한민국의 한 청년장애인이 어떻게 살아가는지에 대해서 나누고 싶었다.

물론 바른 장애인식 전파가 주목적이긴 하다. 한국으로 돌아오는 비행기 안에서 강연 기획서를 작성해보았다. 무엇을 말할 것인가. 시간은 얼마나, 장소는 어디, 홍보는 어떻게 할지 고민이 생겼다. 초청 강연은 원고작성, 연설에만 온전히 신경을 쓸 수 있지만, 나는 내가 직접 열게 된 강연인 만큼 하나부터 열까지 진행을 해야 했다.

1시간의 강의 시간을 계획했고, 이에 따른 가장 중요한 대본을 작성하는 데 힘을 쏟았다. 사진첩을 보기도 했고, 지속해서 적었던 짧은 글을 통해 하나 둘 써 내려갔다. 진지함과 간단한 유머 에피소드를 첨가하며, 강의안을 작성했다. 강연의 제목은 '자신을 인정하자.' 인정이라는 단어가 내 마음에 다가온 것은 얼마 되지 않았다. 나에게 너는 장애를 극복했구나, 너의 한계를 넘었다는 말을 많이 한다. 나에게 감사한 말이지만, 크게 기분이 좋지는 않았다. 장애가 과연 극복해야 할 존재인가. 그렇다면 장애를 극복하면 비장애인이 되는가. 장애가 나에게 한계로 다가오는가.

나는 장애를 극복해야 한다고 말하고 싶지 않다. 인정해야 할 존재라고 생각한다. 나의 장애를 받아들이고 능숙하게 삶을 살아가야 한다. 물론 인정한다고 해서 재활 운동을 안 하는 것은 아니다. 반드시 해야 한다. 이렇게 나는 인정하는 법을 배우고

이 생각을 많은 사람과 공유하고 싶었다. 그래서 자신을 인정하자. 라는 강연의 이름을 지었다.

 강연 장소는 우리 단과대학에서 가장 큰 홀을 대여했다. 학생 개인이 빌리는 것은 힘든데 직접 강연을 개최한다는 사실에 흔쾌히 빌려주셨다. 장소를 빌리면서 자연스럽게 일정이 잡혔다. 복잡한 생각이 들었다 몇 명의 사람들이 올까 강연은 어떠한 방식으로 진행해야 할까 등 앞에서 고민한 것의 연장 고민이 되었다. 나는 홍보를 하기 위해 디자인학과를 다니고 있는 형에게 포스터 제작을 부탁했고, 강연 당일 스텝이 필요할 것 같아 2명의 스텝을 구했다. 포스터가 나왔다. 나의 개인 SNS와 함께 총학생회, 단과대학 SNS에 나의 홍보 포스터와 응원의 글이 올라왔다. 정말 감사하게 많은 사람이 개인 SNS와 입소문으로 나의 강연을 응원해주고, 홍보해주었다. 우리 교회에서는 간식을 준비해주셨다.

 강연의 당일이 되었다. 최종적으로 PT를 점검했고, 대본을 정독했다. 장소 열쇠를 빌려 문을 열고,

스텝들과 함께 포스터를 문에 붙이고 강연가는 길이라고 하여 안내 표지도 만들었다. 나는 정장으로 옷을 갈아입었고 무대에 오를 준비하였다.

정말 감사하게도 개인의 소중한 시간에 나의 강연을 보려고 온 청중은 약 90명이었다. 청중들과 아이컨택을 하며, 강연했고 무사히 잘 마칠 수 있었다. 강연 후 장애에 대한 질의응답을 하며 강연의 막을 내렸다. 전체 사진을 찍고 개별적으로 사진을 찍었다. 이들의 마음에 장애라는 단어에 대한 거부감이 아주 조금이라도 사라졌다면 나의 강연은 성공이다.

3,000명 앞으로

우리 대학에서 처음으로 학생이 강연을 개최하는 것이 처음이라 다들 신기해했다. 어떠한 생각을 가지고 학우들에게 말을 전하는지 궁금해하셨다. 이후에 연락이 들어왔다. 남영 학생 혹시 강원대학교 입학식에서 장애 이해특강을 해줄 수 있어요?

무려 입학식! 20살 성인이 된 신입생들이 들어오는 소중한 자리에서 나에게 무려 10분의 시간을 부탁하셨다. 나는 거절할 이유가 없었다.

나에겐 성장할 기회였고, 무엇보다 3,000명의 신입생 중 몇 명이 나의 말을 통해 장애라는 단어를 스스로 생각해 보기만 해도 나는 장애인식 변화의 큰 시작이 되리라 생각했다.

 1개월 남은 시간, 나는 선교 활동으로 태국에 갔다. 태국에서 저녁 시간마다 홀로 아이패드와 키보드를 가지고 한적한 벤치로 가서 글을 쓰곤 했다. 1시간의 강연 대본은 정말 잘 써졌는데, 이상하게 입학식 강연 글을 써지지 않았다. 시간이 얼마 남지 않았는데 조바심이 많이 났다. 대본을 완성했지만, 내 마음에 들지 않았다. 찜찜하다는 느낌이 강했다. 강연 일주일 전 영화 '증인'이 상영되었다. 증인이 상영되기 전부터 기다리고 있었다. 증인은 자폐성 장애아를 주제로 한 영화이다. 영화 마지막 대사가 나에게 큰 울림이 되었고 나는 울음을 터트렸다. (영화관에서 운 적은 처음이었다) 영화를 본 후 집에 가 대본을 지우고 영화를 보면서 생각한 감정과 내가 말하고 싶은 장애인식을 담아 글을 적었다. 30분 만에 내가 만족스러운 대본이 나왔다. 대본을 외우고 또 외우고, 나는 입학식 3,000명 앞에서 이야기했다.

"저는 저번 주 영화 증인을 보았습니다. 영화 대사에는 이러한 대사가 있었습니다. '나는 자페아니깐 변호사가 될 수 없어' 그리고 1년 전 원더 라는 영화 속에는 외모를 바꿀 수 없죠. 그러니 우리의 시선을 바꿔야죠…. 라는 두 영화 속 짧은 문장은 영화 스크린에는 빠르게 지나갔지만, 제 심장은 꽉 조여져 왔습니다. 저는 오늘 여러분에게 장애인식에 관한 강연을 맡은 강원대학교 행정학과 4학년, 강원대학교 장애 학생 인권증진 동아리 인지해 회장을 맡은 김남영입니다."라는 시작멘트를 준비했다.

시선을 돌려가며 이야기를 했고, 강조할 멘트에선 힘있게 말했다. 나는 박수를 받으며 감사히 퇴장했다. 그렇게 나는 점차 규모가 큰 공간에서 나의 꿈의 단계를 밟아가고 있었다.

입학식 영상은 나의 유튜브 영상에서 확인할 수 있다.

외부특강

　나는 특강을 한 것을 모아 SNS 페이지에 기록을 남기고 있었다. 또한, 인지해 활동을 꾸준히 올리며 많은 사람에게 장애인식에 대한 다양한 요소를 보여주었다.

　어느 날 페이스북을 보고한 대학 봉사단체에서 연락이 왔다. 현재 장애인식 강연을 준비하고 있고, 연사들을 모시고 있는 과정이라고 하며 나의 강연 영상을 보았는데 연사로 모시고 싶다고 연락이 왔다.

　총 4명이 장애에 관한 내용을 하는 강연이었다. 나는 주저 없이 제안을 수락했다. 춘천과 서울에서 미팅, 강연 예고편 촬영, 강연 준비를 하다 보니 한 달이라는 시간이 순식간에 지나갔다.

　나는 내가 준비한 저상버스 승차에 관해 이야기를 펼쳤다. 책 앞부분에 승차 거부에 관해서 이야기한 내용을 생생히 전달하였다. 강연을 보려고 오신 분은 나의 이야기에 흠칫 놀랐다. 아마, 휠체어 당사자가 저상버스에 관해 이야기를 하는 것은 처음 들어본 것 같았다. 나의 순서가 끝나고 다른 강연자의 이야기를 경청해서 함께 들었다. 나와는 비슷하고도 다른 유형의 장애에 관한 이야기였다. 예고편 촬영을 하면서 강연 주제에 관해 이야기하였지만, 본 강연에서 나에게 큰 울림을 주었다.

　그들의 삶은 치열했다. 처음엔 장애라는 단어에 대한 무게감이 버거울 정도로 무거웠고 힘들었지만, 자신만의 방법을 찾으며 고군분투하는 모습을 담담히 나눴다. 강연을 마치고 삼겹살을 먹으며 회식을 가졌다. 우리는 각자의 이야기를 곱씹었다. 그중에서도 하나의 단어가 모두의 입에서 나왔다.

"시선"이라는 단어다.

시선은 두 가지로 나눌 수 있다.

내가 열심히 살아가고 있지만, 누군가는 "이후, 쯧 쯧쯧, 불쌍해." 등 안타까움을 표현하는 외부적인 시선이 있다. 이런 말을 들어도 내 삶을 살아가면 된다. 하지만 그게 쉬울까.

아무런 이유 없이 욕을 들어야 하는 상황 나를 불편하게 보는 시선은 우리 4명의 연사가 겪고 있는 아니, 앞으로도 겪어야 할 시선이라고 생각했다. 장애인을 생각하는 다양한 장비, 건축이 되고 있어 외부적 시선은 전보다는 많이 긍정적일 것으로 생각한다. 하지만 누군가의 한마디 행동 눈빛으로 괜히 나의 장애를 더 작게 바라보고, 좌절하게 되는데 이 것을 내부적 시선이라고 말하고 싶다.

내가 나를 깎아내리는 것으로 생각한다. 나의 생활을 재미있고 자신 있게 살아가고 있지만, 한 번쯤 은 거대한 파도가 쉼 없이 나에게 오는 듯한 힘듦

이 내 안에 머물러 있을 때 나의 장애가 부끄럽고 잘 살아갈 수 있냐는 고민이 내 안에 많이 생긴다.

　외부적 시선에서 내부적 시선으로 돌려 생각하는 나를 바라볼 수 있다. 내가 나를 조여올 때의 아픔은 상상 이상으로 아주 아프다. 내가 나를 보는 시선에 대해 아주 가끔 장애에 원망하는 시선을 흘러가는 시간처럼 그냥 잘 보낼 수 있길 바랄 뿐이다.

3,000명 앞에서 직접 장애인식에 대해 전파했다. 떨리는 목소리를 숨기며, 긴장을 다해 장애인식을 전파하는 나이다.

4장

현실 앞에서

현실 앞에서

학교에선 내가 하고 싶은 것 도전을 학교라는 울 타리 앞에서 마음껏 도전했다. 나 홀로 강연을 열었 고, 여러 명의 친구와 함께 해외 선교 활동을 하고 넘어져도 일어설 수 있는 기반이 있어서 참 좋았다. 하지만 학교라는 울타리를 벗어나 사회라는 곳으 로 나아가야 함을 느낀 후 불안감이 몰려왔다.

이대로 괜찮은가 열심히 살아가고 있지만, 이것이 과연 맞을까. 과연 내 직업으로 연결 지을 수 있냐 는 생각이 많았다. 그래서 2019년 9월 휴학을 결심 했고, 나는 공시생의 길을 준비했다.

공무원을 하고 싶어서 준비한 것은 아니다. 불안해서, 뭐라도 해야만 할 것 같아서 강의를 신청하고 책을 주문했다. 살면서 이렇게 많은 문제집을 산 것은 처음이었고 막막했다.

공시생 김남영

 본가에 돌아와 3박의 여수 여행을 하고 독서실로 향했다. 막막하다는 말이 나의 감정을 잘 표현해 줄 수 있을 것 같다. 국어 영어 한국사 행정법 행정학 선거법 헌법 이 분량을 내가 공부를 할 수 있을까 하루에 10시간의 공부가 가능할까 라는 반신반의 생각으로 시작했다.

 나름 진도를 나가면서 9~10시간의 공부를 하였고, 문제지의 오답 표시가 줄어듦을 볼 수가 있었다. 그렇지만 재미있지는 않았다. 공무원이라는 직업이 나와 맞는가 라는 생각이 매일매일 들었고, 내가 끝까지 공부할 수 있나 하는 생각이 들었다.

고3 시절 지독하게 공부하다가 5월 한 달간 매일 다리 경련이 왔고, 결국 7일간의 입원을 하기도 했었다. 그래서 공부 강도를 조금 줄이고, 나의 페이스로 공부를 했던 생각이 떠올랐다.

대학은 많이 선택지에 내가 가고 싶은 대학을 고를 수 있었던 환경이었기에 큰 부담은 없었지만, 공무원시험은 합/불 이분법으로 나뉘기에 더욱더 압박감이 커졌다. 공부한 지 3개월이 흐르고 코로나가 터지면서 내가 봐야 할 토익 시험은 취소가 되었다가 취소는 4개월간 지속이 되고 나는 더욱 지쳐갔다.

아니나 다를까 지나친 스트레스로 인해 몸은 망가지고, 피하고 싶었지만, 경련을 마주했다. 아주 심하게 와서 구급차를 타고 가까운 병원으로 가서 수액을 맞았다. 이렇게 내 몸을 힘들게 하면서 공부를 할 수 있을까… 너무 힘들 것 같았다. 3일의 휴식

기간을 가졌고 나는 공시생을 포기하기로 했다.

 그 당시 내가 썼던 글을 함께 공유한다.

2019년 7월 21일

 인생에 있어서 큰 결정을 한 날이다. 사회로 나아가야 할 시기는 점차 다가오고 있으며, 내 주변 사람 하나둘씩 대학을 졸업하고 직장을 잡고, 홀로서기를 시작하고 있었다.

 나 역시 대학교 4학년 2학기를 준비하며, 동시에 사회 초년생으로서 준비해야만 했다. 대학원이라는 길을 포기하면서, 더욱더 조급했다. 무엇을 해야 할지, 21~23살까지 마냥 좋았던 정치, 장애 복지 인권향상이라는 꿈이라는 것을 목표로 잡고 대학에서 할 수 있는 것은 다 해본 것 같다. 하지만, 현실이라는 문 앞에 내가 좋아하는 것을 살리면서 돈을 번다는 것은 무척 어려웠고, 높은 벽 같았다.

이 벽을 넘기만 하면 되는데, 겁이 났다. 다리의 경련이 온 것만큼이나 겁이 났다. 지금 생각하면 24살은 너무나도 어리고, 많은 성공과 실패를 통해 내 자아가 단단해져 가는 시기라고 생각하지만, 그 당시 23살 나는 빨리 사회로 나가는 것이 정답이라고 생각했다. 왜 이런 생각을 가지게 되었는지 잘 모르겠다. 그래서 내가 선택한 것은 공무원이라는 직업이었다.

공무원을 선택한 이유는 사실 별로 없다. 충동적인 선택이라고 해도 무방하다. 편해 보였다. 누구에게 무시 받지 않을 직업이라고 생각했다. 그렇게 휴학을 하고 강릉에 와서 인터넷 강의를 신청하고, 엄청나게 많은 책을 샀다. 정말 내 키의 허리까지 책이 쌓였다. (내 키는 작아서 하하 그렇게 많지는 않지만, 나에겐 많아 보였다) 그리곤 집 앞에 있는 독서실로 갔다. 공부 일정을 착실히 세우고, 공부를 시작했다.

하루에 10시간, 많으면 12시간을 독서실에서 강의를 듣고 복습을 하고 문제를 풀고 이 생활을 반복하였다. 그렇게 한 달 두 달…. 시간이 흘러 어느 덧 지금 9개월이라는 시간이 되었다. 중간중간 공부의 고비도 많았다.

1주일간 지나친 스트레스로 인해 불면증이 와서 수면제를 처방받기도 했다. 공부를 해도 해도 성적이 오르지 않고, 남은 공부량이 너무 많아서, 정신적으로 너무 힘들었다. 이러한 스트레스로 하루는 공부 생각을 하기 싫어서 친구와 함께 술을 진탕 먹고 취해서 잠도 잔 적도 있다. 하지만 여전히 똑같았다. 그런데도 나는 다시 독서실 자리에 나아갔다.

억지로 억지로 공부를 했다. 하루가 끝이 나면 11시 혹은 12시가 되었다. 한숨을 내쉬며 집으로 향하는 발걸음은 너무나 무거웠다. 거기에 더해 신앙이 흔들렸다. 하나님과의 관계가 완전히 망가져서 답답한 마음에 기도도 찬양도 듣지 않은 채, 온전히 나의 힘으로 이 상황을 이길 수 있길 바랐다. 그렇게 하루하루 걸어갔다.

이 생활이 익숙했다. 공부의 힘듦, 신앙의 무너짐이 당연하였다. 토익 시험을 봐야 하는 나는 코로나로 인해 계속해서 토익이 취소됨에 따라 더욱더 지쳐서. 눈물이 없던 내가 엄마 품에서 펑펑 울고 있었다. "엄마 너무 힘들다." 토익의 취소는 약 3개월 정도 흘러갔고 나는 끊임 없이 공무원 공부와 토익 공부를 같이 하였다.

토요일을 제외, 주일 교회 가는 시간을 제외하고 계속 공부만 했다. 그러다가 나에게 오지 말아야 할 악마가 찾아왔다. 바로 다리의 아픔, 경련이다. 9개월 동안 다리의 아픔이 없이 경련이 없이 잘 지내오다가 한순간 한 날에 고통스러운 아픔이 내 허벅지로 왔다. 아침에 일어나서 내가 지쳐 잠이 들 때까지 바늘이 내 다리를 찌르고 있었다.

중간중간 스트레칭을 하였고, 공부하는 동안 내 주먹으로 다리를 쳐가면서, 스쾃 자세를 하면서 공부를 진행했다. 아픔을 버티는 법을 알게 되었다. 고통이 왔을 때 휴식을 취하는 시간이 아까워서 고통을 참았다. 토익 시험 날짜가 잡혀서 나는 쉬는 시간 없이 한 달을 쉬지 않고, 약을 먹으면서 운동을 하면서 꾸역꾸역 버텨 나갔다.

이 고통의 시간 속에서 내 신앙은 점차 회복되어 갔다. 공부도 페이스를 참으면서 공부했다. 어느 날, 기도하고 공부를 시작하려 하는데, 사건이 터졌다. 다리에 경련이 일어났다. 걷잡을 수 없이 다리가 떨렸다. 급하게 부모님을 부르고, 집으로 갔다. 집에서 한 번 더 경련이 일어났다. 결국은 밤 10시 30분 응급실로 향했다. 근이완제 주사를 맞고, 침대에서 생각했다. 하나님 어떻게 해야 할까요. 하나님 어떻게 해야 할까요. 라고 기도를 하고 잠이 들었다. 다음 날부터 급격히 몸이 무거워졌고 힘이 빠져갔다. 책상에 앉아 있는 것이 힘들었다. 통증을 참으면서 공부하는 것이 전보다 더 어려웠다.

오늘 하루만 버티자고, 매일 아침 다짐을 하고 공부를 시작했다. 그런데, 그 하루가 너무나 길게 느껴졌다. 더 많은 진통제와 더 많은 고통, 그리고 또

한 번의 다리 경련이 내가 앞으로 공무원 준비생으로서 버틸 수 없음을 보여주었다. 수십 번 생각하고, 수십 번 기도했다. 매일 밤 걸으면서 생각했다. "그만하자" 몸이 제발 쉬어달라고 나에게 호소하고 있다. 너무 아파서 너무 힘들어서, 이번 주 목요일 나는 공무원 준비를 그만두고, 24년 만에 진정한 휴식을 취할 생각이다.

포기가 아닌 새로운 출발점에서 새로운 시작을 기다리며….

뭐하지

휴식이 고팠지만, 그동안 휴식이라는 개념 없이 살아와서 어떻게 쉬어야 할지 몰랐다. 마냥 넷플릭스로 밀린 드라마를 보며 시간을 보냈던 것 같다. 엄마랑 춘천 여행도 가면서 여행 중 엄마가 이런 말을 한 것이 기억에 남는다. 남영 공무원시험 잘 그만둔 것 같아 이제 너 하고 싶은 거 찾아가라고 말해주었다. 그렇다 진정으로 내가 심장이 뛰는 것은 아무리 생각해도 장애 복지에 대한 일이고, 강의이다. 아직 학생 신분이기에 나는 장애 복지에 관련된 활동을 더 많이 경험해 보기로 했다. 휴학생 신분으로 춘천에 돌아와 장애 인권 활동을 찾아보았다. 신기하게도 춘천에 도착하고 얼마 후 함께 장애 인권 강의한 형으로부터 연락이 왔다.

한국장애인개발원 활동 자문단 역할을 같이 하자는 것이다. 게다가 강의 섭외 전화와 서울대학교 장애 인권 문집에 나의 글을 담기로 했다. 나는 서울로 출장을 왔다 갔다 하며, 문집에 들어갈 글을 쓰며, 틈틈이 강의도 했다. 서울로 가는 운전의 시간, 강의를 준비하며 장애 인권을 공부하는 이 시간이 너무나 행복했고, 회의하고 무대 위에서 강의하는 내가 너무 좋았다. 내가 하고 싶은 이것을 놓치고 싶지 않았다.

현실 정치

'정치' '국회의원'

무엇이 떠오르는가. 나는 '법안'이라는 단어가 먼저 떠오른다. 좋은 법안은 삶이 편한 삶을 만들어 주기 때문이다. 대한민국은 법치국가이기에 헌법과 국회에서 상정한 대한민국 법, 각 지방자치제도에서 만드는 조례안에 따라 우리는 생활한다.

5년간의 활동을 하면서 장애인식의 변화를 위해 내가 여러 강의 인식에 관해 이야기하지만, 궁극적으로 학교의 학칙에 따라 대한민국의 법 개정이 함께해야지만 성장하는 복지로 나아갈 것으로 생각한다.

인지해 회장을 하면서 나는 정치라는 단어가 내 마음에 다가왔고, 그것은 정치 대리인 즉 의원이라는 직업의 목표가 생겼다. 앞에서 말한 것처럼 그때는 막막했다. 어떻게 시작해야 할까.

2020년 9월, 나는 내가 추구하는 정당에 가입했다. 한 달이 지났을 무렵 페이스북 댓글로 누군가가 나를 만나고 싶어 했고, 그 만남으로 인해 강원도 대학생위원회 사무국장이라는 직함을 받았다.

걱정 반, 기대 반인 현실 정치를 시작하게 되었다. 위원장님과 함께 위원회의 큰 방향을 정하고, 사람을 만나려 다녔다. 그 후 지금 2021년 10월 나름의 규모를 갖춘 위원회를 조직으로 만들었다.

정당인을 만나면서 그들이 왜 정치를 시작했는가를 물어보았다. 대부분 답은 변화 추구였다. 무엇인가 불합리하거나, 낙후되어있는 곳을 새롭게 변화하기 위해 시작한 것이었다. 나도 장애 복지의 새로운 변화, 법안 추구를 위해 이 길을 걷기로 마음먹었다. 이 첫 마음이 변함이 없길 다짐한다.

만남

나는 만남을 좋아한다. 어릴 때부터 대화하는 것을 즐겼고, 대화 속에서 오가는 대화를 통해 정말 내가 알지도 못할 다양한 감정을 느낄 수 있다는 것이 새로웠기 때문이다. 똑같은 사람과 지속적인 만남을 가져도 다채로운 것은 대화라고 생각해서 만남을 좋아하는 것 같다. 공시를 끝내고 춘천에 돌아와 이전과 다른 다양한 만남의 기회가 나에게 생겼다. 정치인, 교수님, 청년 사업가, 직장인, 장애 활동가, 복지관 대표님, 그리고 또래 친구들까지 만남의 폭이 넓어졌다면 넓어졌다. 한 사람 한 사람마다 생각하는 이념이 다르고, 대화 주제가 다르다.

내가 잘 아는 주제, 내가 모르는 주제를 통해 대화 온도가 다르다. 그러나 같은 하나의 개념이 있다. 배움이다. 대화를 통해 배움의 생각을 가진다. 상대방의 나이, 조건에 상관없이 나는 그들에게 늘 배우고 있다. 그래서 만남이 너무나 좋다.

나는 오늘 또 하나를 배운다….

이별

아주 친한 사람, 대화가 잘 통하는 사람과 끊임없이 놀고, 대화하고 싶은 순간이 있었는가? 나는 많이 있었다. 하지만 헤어짐의 시간은 늘 찾아오고 우리는 다음 약속을 잡으며 그날의 새로운 대화를 기대한다. 이것은 아주 짧은 이별이지만, 긴 이별도 물론 존재한다.

나의 첫 번째 긴 이별은 중학교 3학년 할아버지의 돌아가심이었다. 할아버지와의 추억은 너무나 짙은 색깔로 내 마음에 색칠되어있다. 할아버지 방에서 저녁에 같이 놀았고, 할아버지 집 앞마당에서 함께 흙 놀이를 했었던 장면 모두가 너무 짙었다. 어느 순간부터 할아버지의 건강이 좋지 않았고, 아빠는 나에게 할아버지의 마지막을 준비하자고 말했다. 믿기지 않았다. 학원이 끝나고 집으로 갔는데, 우리 집 방안에 할아버지의 숨소리나 유난히 거칠었다. 직감했다. 엄마와 누나는 아빠를 불렀고 119로 전화를 했고 나는 할아버지 손을 잡고 옆에 있었다. 얼굴을 서서히 말라가며 내 손을 잡은 힘이 떨어졌다. 그때 할아버지는 우리 남영이라는 말씀을 하시고, 숨을 거두셨다. 펑펑 울며 뜬 눈을 내 손으로 감겨주었다. 마지막 임종을 내가 보았다. 그때 나는 첫 번째로 긴 이별의 슬픔을 경험했다. 대학에 와서 장례식을 많이 갔다. 누군가의 마지막을 함께 한다는 것이 얼마나 중요한 것을 알기에 내가 아는 분의 장례 부고를 받으면 늘 찾아가 인사를 드리고 왔다.

휴학하고 춘천에서 많은 만남이 있었지만 긴 이별을 한 달에 2번을 겪었다. 함께 활동했던 형, 이

제 막 알아가는 형의 마지막 소식을 들었을 때는 정말이나 눈물을 쏟았다. 그들에게 더 다가가지 못했던 후회와 미안함이 존재했기 때문이다. 두 명의 형에게 나는 다짐했다.

'형, 내가 만나고 있는 만날 사람들에게 더 먼저 다가갈게요. 최소한의 후회가 남도록 할게요'

 앞으로 더 많은 만남 이별을 겪어야 할 것이다. 더 많이 웃고 더 많이 울고….

많이, 고민했다. 또 많이 생각했다. 무엇을 해야 할까. 어떻게 해야 할까 깊은 고민 속에 빠져있었다. 앞으로도 더 많은 고민은 슬기롭게 지나갈 수 있는 내가 되길 바라며

5장

내가 걷고 있는
이 길 위에

당신과 함께

 자주 보는 친구, 동생, 형 누나 등 모든 사람을 만나면 내가 모르는 그 사람만의 가치를 배우곤 한다. 어떨 땐 우와. 라는 감탄사도 있지만, 어떨 땐 이 사람처럼만은 되지 말아야겠다. 라고 스스로 생각하며 나의 가치를 만들어 간다.

 물론 나도 누군가를 평가하면 안 되지만, 내가 생각하기엔 이건 좀…. 아닌 것 같은데 라고 생각이 들면 그러한 언어습관 행동을 지양하곤 한다. 그렇게 누군가로 인해 나를 돌아보고, 발전해야 하는 길로 나가는 중이다.

나는 그대에게 어떠한 사람인가. 나는 그대에게 적어도 인간적으로 살아가는 사람으로 남고 싶다.

휴식

지금까지의 나의 인생을 보면 제대로 된 휴식을 즐기지 못했다. 휴학했지만, 미래가 두려워서 공시를 준비했고, 다시 춘천 돌아와 취업 준비를 했다. 뭐가 그리 급했을까.

23~24살의 나는 무엇인가에 쫓기고 있었을까. 나에게 집중했을까, 아니면 나와 비슷한 나이에 취업에 성공한 이들에게 집중했을까. 그때의 감정을 잠시 적어보겠다.

우리 집 3남매 중 나는 막내였다. 졸업을 1학기 남겨두었다. 누나 형은 다들 알 수 있는 기업에서 좋은 연봉을 받으며 각자의 삶을 꾸려가고 있었다. 그래서 나도 형 누나처럼 잘살아가고 싶었다. 빨리 돈을 벌어서 미래 준비를 하고 싶었다. 엄마에게 용돈을 받는 것이 아니라 용돈을 드리고 싶었다.

지금까지 나에게 병원비로만 몇억을 쓰신 것을 알기에 이제는 내 돈으로 병원에 다니며, 엄마 아빠가 조금 더 편하게 살아갔으면 했다. 그래서 정치인이라는 꿈이 있었지만, 현실을 생각해 취업에 목숨을 걸었다. 휴식을 포기하고 노력한 결과는 공시 포기, 취업 준비 6개월 만에 13번 탈락. 힘들었다. 겨우 지금 하는 인턴을 붙었다.

졸업한 지 2달, 인턴 생활을 한 지 4달, 정신없이 살아왔다. 대외활동, 정치 활동, 유튜브 촬영을 하면서 말이다.

일한 지 1달이 지나고 퇴근 후 나는 휴식에 대해 생각했다. 어떻게 해야지 충전이 될까 하는 깊은 생각을 했고, 일주일에 하루, 아니 2주일에 하루는 온전히 나를 위한 시간으로 쓰기로 했다.

　나의 진정한 휴식의 방법은 지금도 찾아가고 있다. 아무 생각 없이 핸드폰을 하고, 지금처럼 내가 좋아하는 장소에서 커피 한 잔을 하면서 글을 쓰기도 한다.

　내가 좋아하는 사람에게 연락해 시간 가는 줄 모르고 수다를 떨고 있다. 그렇게 나는 나만의 휴식 방법에 대해 조금씩 알아가고 있다. 너무나 많은 일, 정신없게 살아가다 보면 나를 잊어버리기도 한다….

　내가 하는 장애 활동이 누구를 위한 것일까 하는 목적성이 흔들린 활동을 하는 나를 보았고, 내가 하는 강연이 울림이 있는 강연인가 아니면 기계적으로 외치고 있는 것일까 하는 생각을 하였다.

　휴식을 통해 나는 계속 리마인더 한다. 내가 장애 인권을 하는 이유는 하나님께 약속하였기에 최선을 다해야 한다….

내가 강연을 하는 이유는 단 한 명의 사람이 나의 강연을 통해 장애라는 단어가 조금은 낯설지 않게 다가오지 않기 위해서다. 내가 하는 정치는 올바른 변화를 위해서 하는 것이다. 라는 것을 계속된 나만의 시간을 통해 찾아간다.

사랑

이 장을 쓸까 말까 고민을 하다 이 책을 읽어주시는 독자들에게 내가 한 걸음 더 솔직해지고자 친밀해지고자 부끄럽지만 한 줄 써내려 가보려 한다….

사랑하는 사람들이 만나 연애를 하고 평생을 함께하기 위해 부부가 된다. 항상 내 편이 돼주는 사람이라는 것이 여전히 너무나 멋지게 다가온다. 우리 엄마, 아빠가 위급한 상황일 때, 맛있는 것을 먹을 때 사주고 싶은 옷이 있을 때 전화를 하신다.

"이거 좀 포장해 갈까? 여보, 이거 필요하지 않아? 여보, 지금 빨리 와줄 수 있어?"

우리 아빠는 늘 엄마의 전화를 받고 엄마에게 달려오는 사람이다. 이 모습을 보며, 결혼에 대해 생각을 아주 잠시 했다. 지금의 나는 결혼에 관한 생각이 점점 더 커지고 있는 것 같다. 내 편, 내 사람이라는 존재가 있었으면 하는 생각이 들곤 한다. 물론 나도 그 사람의 평생의 편이 되고 싶다.

그런데 내가 지금껏 제대로 된 고백을 못 하였다. 비장애인 좋아했던 순간이 있었다. 그 사람에게 좋아한다는 말을 못 했다. 왜냐고, 나는 장애인이고 넌 비장애인인데 혹시나 너에게 상처가 될까 봐 라는 이유이다. 조금은 이상한 이유라고 생각할 수도 있겠다.

나는 아직도 혼란스럽다. 누군가를 만나야 할지. 장애인을 만나야 할지 비장애인을 만나야 할지, 고민이다. 많은 사람과 이 고민으로 대화를 했다. 너를 정말 좋아하는 사람이면 장애인이어도 상관없을 거라는 대답을 듣는다. 너라는 사람은 너무 괜찮아. 그럼 내가 이렇게 답을 한다. 너는 장애인 만날 수 있어? 나를 다른 사람에게 소개해 줄 수 있어? 라고 하면 쉽게 대답이 나오지 않는다.

그래서 내가 내린 결론은 열심히 살자. 라고 결론을 내렸다 누군가를 만나기 위해, 어영부영 노력하는 것이 아니라 내가 하는 것에 충실히 일하고 건강을 만들어 가고, 결혼 자금을 모으는 중이다. 그러면 비장애인을 만나야 할지 장애인을 만나야 할지에 대한 고민이 줄어들고, 내가 좋아하는 상대를 만나게 되지 않을까. 참 어렵고도 쉬운 문제인 것 같다.

그냥

요즘 가장 많이 생각하는 단어라 나의 첫 책에 담아보고 싶었다. 그리고 내 책을 마무리하는 장인 만큼 나에게 이 책을 읽고 있는 당신에게 조금의 위로를 하고 싶었다.

많은 것을 해왔고 우리는 앞으로 많은 경험을 통해 배울 것이다. 그게 뭐든지 말이다. 나는 요즘 그냥이라는 단어를 생각하며 도전한다.

그냥 한번 유튜브를 찍어보고 싶어 1달에 2개의 영상을 편집해서 올렸고, 그냥 운동하고 싶어 헬스장을 등록해 열심히 운동한다. 그냥 가보고 싶은 곳이 있어 그곳에 가보고, 그냥 만나고 싶은 사람이 있을 때 연락을 취해 사람을 만나기도 한다.

  앞으로의 나의 여러 도전 가운데 시작하는 시점을 조금 가벼운 무게로 만들고 있다. 그 도전의 마무리를 할 수 있을진 없을진 모르지만, 내가 하고 싶은 만큼 할 수 있는 만큼, 가보는 것이다. 그 길 위에서 나는 생각하지 못한 감정, 상황을 통해 어제보다는 조금 나은 삶이 될 것이다. 나의 책을 읽고 있는 그대도, 나와 같이 그냥 한번 해보는 것이 어떨까. 첫 책을 봐주어 너무나 고맙다. 그대를 응원한다!

2021년 10월의 마지막 날 김남영이.

당신과 함께 걷고, 웃으면서 휴식을 취하고, 사랑을 통해 같이 성장하고
싶은 나의 모습을 잘 표현한 사진